Capítulo 1

¡Despiert

Las ninfas de la naturaleza no duermen en las casas de muñecas. Duermen en las flores.

Se lo expliqué a Marina una y otra vez, pero no me hizo caso. Así que allí estaba yo, sin poder dormir en la cama dura de plástico.

Como me aburría, pinté las sábanas de Marina de muchos colores. Yo soy la ninfa del arcoíris y puedo cambiar los colores de las cosas.

Esperé y esperé, pero Marina **dormía y dormíaaaaa**. Ya había salido el sol y tenía que despertarla. Me subí a su cama y le grité al oído.

—¡Despierta!
¡Sorpresaaaaa!

Marina abrió los ojos. Vio las sábanas y gritó.

—**¡Ahh!** ¿Qué has hecho? —preguntó.

—¿A que quedan bien? —dije muy orgullosa.

—No sé si a mi mamá le va a gustar —dijo Marina preocupada.

No entiendo por qué. Debería estar contenta. Me encogí de hombros.

—**Seguro que sí** —dije—. Pero bueno, eso ya lo veremos luego. Ahora tenemos que descubrir cuál es nuestra **nueva misión**.

Ésa era la razón por la que estaba en el mundo de los humanos. Mi misión era ayudarlos. Los humanos necesitan **MUUUUUUCHA** ayuda.

Mis amigas las ninfas y yo somos del Club Arcoíris y nos dedicamos a ayudar a quien lo necesite.

Marina salió por fin de la cama. Se puso las zapatillas y me metió en el bolsillo de su pijama. Las dos fuimos a desayunar.

Capítulo 2

Una nueva aventura

Cuando llegamos a la cocina vi a su mamá. Yo me escondí porque los humanos tan **grandes** me dan un poquito de miedo. No quiero que piense que soy una libélula o una mosca y me **aplaste** con el zapato. Por suerte, Marina me protege y no le va a decir a nadie que estoy aquí.

Marina se puso un cuenco de cereales de **colores**. **¡Mis preferidos!** Me pasó un copo de cereal que era más grande que mi cabeza.

Ñam ñam ñam... hmmm... estaba riquísimo.

—Marina —dijo su mamá—, ¿podrías ir al súper a comprar huevos y pan y llevárselos a la pobre Asun que está **muy** mayor y **muy** sola?

—Sí, claro —dijo Marina.

¡Qué emoción! ¡Íbamos a ir de aventura! ¡EL SÚPER!

Seguro que era un lugar...

superemocionante

superdivertido

superespecial

Estaba tan contenta que empecé a cambiar de **colores**. Marina se rió y me tapó con una servilleta para que no me vieran.

Cuando Marina terminó de desayunar, fuimos a su habitación otra vez.

Se puso una sudadera **roja** con una capucha y me metió en el bolsillo.

Yo pensaba que para ir al **SÚPER** tendría que ponerse un...

supervestido
superespecial
supermiles de colores

¡Pero **NO**! Era solo una sudadera **roja** y unos pantalones **vaqueros.**

Capítulo 3

Visita Sorpresa

Una vez listas, fuimos al garaje y Marina sacó su bicicleta.

Mientras Marina comprobaba que la bici tenía aire en las ruedas oí un ruido.

—Pst pst. Boletus apestosus.

¡Era la voz de Filo, el gnomo más bajito y más gruñón! ¿Qué estaría haciendo aquí?

Miré por el jardín y lo encontré escondido detrás de una seta. A los gnomos les encantan las setas. **Filo** me hizo un gesto para que me acercara. Fui corriendo a la seta sin que me viera Marina. **Filo** es un gruñón y seguro que iba a ser antipático con ella.

—¿Qué ocurre, **Filo**? —pregunté.

—Amanitus curiosus —dijo **Filo**, que siempre

habla tan raro—, la **Reina de las Ninfas** te va a enviar a alguien para que puedas cumplir tu misión.

—¿De verdad? ¿A quién? —dije muy contenta—. **¿Y cuál es esa misión?**

—¿Y yo qué sé? —protestó **Filo**—. Espera y verás.

Filo se acercó a una **flor** y habló con la Reina.

—Estamos listos —dijo **Filo**.

En ese momento, se levantó un vientoo **MUY FUERTE. Era como un remolinoo.** Yo pensé que iba a salir **volando**. Me agarré al tallo de una flor y de repente. . .

¡Pataplán!

—**¡Ay!** —**grité**—.

¡SOCORROOOOOOO!

¡Sáquenme de aquí!

Capítulo 4

Eola tiene miedo

Me asomé entre la masa que me aplastaba y **¡no me lo podía creer!**

¡Era Eola!

¡Mi amiga, la ninfa del **viento**!

Estaba sentada encima de mi espalda y me miraba muy sonriente.

—¿Qué haces ahí abajo, Iris? —me preguntó **Eola**. **Eola** siempre habla haciendo preguntas. No sé por qué.

—¡Eola, levántate que no puedo respirar! —grité.

Eola por fin se quitó de encima y me levanté. Las dos empezamos a dar **saltos** y gritos y a abrazarnos porque estábamos muy contentas de vernos.

Filo, como es tan **gruñón**, se fue. No le gustan las **FIESTAS**.

Armamos tal escándalo que Marina se acercó a ver lo que pasaba.

—**¿Quién es ésta?** —preguntó agachándose para ver a **Eola**.

Pero horror horroroso, **Eola** se quedó totalmente inmóvil mirando a Marina con los ojos muy **abiertos.** Creo que ella nunca había visto una humana antes. Parecía muy asustada. Al cabo de unos segundos me preguntó.

—¿Muerde?

—¡NO, los humanos no muerden ni hacen nada!

»Bueno, si piensan que eres un ratón a lo mejor te persiguen con una escoba, pero seguro que tú corres más *rápido* que ellos —le dije para tranquilizarla.

Pero **Eola** abrió los ojos más todavía y miró con cara de horror.

—Marina, ésta es mi amiga **Eola**, la **ninfa** del viento —dije.

—Hola, Eola —dijo.

Eola no se movió y le tuve que dar un empujón para que reaccionara.

—¿Eres la ninfa del mar? —preguntó **Eola** por fin.

—**¡No!** —dijo Marina—. Soy sólo una niña pequeña.

—¿Pequeña? —dijo **Eola**—. **¿A eso lo llamas pequeña? ¿Y por qué estás tan peinada?**

Eola siempre tiene el pelo despeinado por el viento y creo que no le gusta que la gente esté bien peinada. Así que movió las manos, lanzó una ráfaga de viento a la cabeza de Marina y la despeinó.

—**¿Mejor?** —dijo.

—No sé, supongo... —dijo Marina—. Pero ahora vamos, que tenemos que ir al **SÚPER** a buscar huevos y pan.

Capítulo 5

Un súper superraro

Marina nos metió a **Eola** y a mí en una cesta con barrotes de metal que había delante de la bici. Estos humanos no van en pájaros, ni en ranas como nosotras las **ninfas**. Ellos usan estas máquinas extrañas con ruedas. Algunas hacen mucho ruido. ¡Y otras son muy **largaaaaaaaaaaaaaaaaas** y están llenísimas de gente!

Fuimos en bicicleta por un camino lleno de baches. **Eola** y yo dábamos **saltos** en la cesta e intentábamos agarrarnos para no caernos.

Por el camino me dediqué a cambiar los **colores** de las rayas del suelo porque todas eran blancas y muy aburridas. **Eola** se dedicó a lanzar ráfagas de viento y mover las hojas.

Pero...

¡Horror, horroroso!

Las hojas tapaban los cristales de los coches y la gente tuvo que parar y se formó un atasco **HORRIBLE**.

Marina no se dio cuenta.

—**Date prisa, Marina** —dije, para alejarnos de allí cuanto antes—, que Asun está esperando.

Marina pedaleó muy *rápido* y pronto llegamos al **SÚPER**.

Tenía una puerta **MUY GRANDE**
por la que entraban y salían
humanos empujando **carros de metal**
hasta arriba de cosas.

Era un sitio **superraro**, con
estanterías llenas de cajas y **más** y
más cajas.

Y lo que era más **raro** de todo... En el mundo de los humanos la comida no sale de la tierra, ni de las plantas, ni de los árboles... crece en cajas. De verdad. Allí no había ningún manzano, ni ningún peral, ni ninguna huerta con lechugas y tomates. Las manzanas, las peras, las lechugas y los tomates estaban en cajas.

¡En CAJAS! ¿Cómo harán eso?

Eola empezó a mirar de un lado a otro. Parecía que buscaba algo.

—Marina, **¿dónde están las gallinas?** —preguntó.

—**¿Las gallinas?** —contestó Marina sorprendida.

—Sí, ¿no habías dicho que teníamos que buscar huevos? —preguntó.

Marina empezó a reírse a carcajadas.

¡Ja!

¡Ja!

Yo no sé por qué se reía tanto porque no era un chiste.

¡JA!

Eola tenía razón.

¿Dónde estaban las gallinas? La gente miraba a Marina con mala cara porque no nos podían ver y debían de pensar que se reía sola y estaba loca.

A lo mejor estaba loca de verdad porque reírse así no es normal.

¡Ja! ¡Ja!

—¡Eola! **¡Aquí no hay gallinas!** —dijo entre risas.

—¿Entonces son avestruces?

Marina se rió más. ¡Qué manía de reírse y no contestar! Avanzó por los pasillos hasta llegar a un sitio y señaló.

—¿Veis? Aquí están los huevos.

¡Resulta que los huevos en el mundo de los humanos **TAMBIÉN** crecen en cajas! **¡No necesitan gallinas!**

Eola me preguntó al oído si pensaba que en el **SÚPER** habría vacas y yo le respondí que seguramente la leche también saldría de las botellas.

Tiene sentido, ¿no?

Marina cogió una caja de huevos, una barra de pan y después de darle unos papeles a una señora (que luego nos explicó que era dinero), salimos en dirección a casa de Asun.

Capítulo 6

El periquito enfermo

La casa de Asun era muy bonita, con un jardín lleno de flores de colores.

¡Por fin alguien con buen gusto!

Marina dejó la bicicleta apoyada en un árbol y se dirigió hacia la puerta. Eola y yo nos metimos en su capucha roja para que no nos viera.

Marina llamó al timbre y al cabo de un rato, Asun abrió la puerta. Era una humana **muy arrugada** y con el pelo **muy blanco**. Cuando vio a Marina sonrió. Estaba contenta de verla. Me dio un poco de pena porque se movía muy despacio y aunque sonreía, me dio la impresión de que tenía los ojos tristes.

—Marina, muchas gracias por venir —dijo—, pasa, pasa.

Mientras avanzábamos por el pasillo, Eola me preguntó algo en voz baja para que no la oyera Asun.

—¿Sabes cuál es nuestra misión?

¿Será que la Reina quiere que llevemos gallinas y vacas al SÚPER?

—A lo mejor, pero va a ser muy difícil llevar tantos animales las dos solas —dije.

De pronto me acordé de Asun. **¡Tenía los ojos tristes!** ¡Seguro que tenía algún problema! **¡Teníamos que investigar!**

—**¡Eola, creo que es Asun!** —dije.

—**¿Asun? ¿Nos va a ayudar Asun a llevar las gallinas y las vacas?** —preguntó Eola.

No tenía ni idea. Pero pronto lo íbamos a averiguar.

Asun llevó a Marina hasta la cocina. Allí había una jaula con un **periquito precioso.** Era **azul** con manchas **amarillas**.

—**¿Por qué está el periquito en la jaula?** —preguntó Eola—. **¿Nos van a meter a nosotras también en una jaula si nos ven?**

—Espero que no —dije. Pero por si acaso, nos tapamos con la capucha para que Asun no nos viera.

Marina se acercó a la jaula y miró al periquito.

—**¡Ooohh, qué mono!** —dijo Marina.

—**¿Mono?** —me susurró **Eola**—. **¿Marina no sabe la diferencia entre un mono y un periquito?**

—Shhhhh —le dije para que no hablara más. **¡No quería que nos descubrieran!**

Asun miró al periquito con sus ojos tristes.

—Sí, es precioso, **¿verdad?** Se llama **Plácido** y antes cantaba como los ángeles y **estaba siempre alegre**, pero desde hace ya unos días está muy decaído —le dijo Asun a Marina—. Ya no canta y apenas come. Creo que está muy enfermo. Si le pasa algo, no sé qué voy a hacer. **Es mi única compañía...**

Asun dejó de hablar. Parecía que estaba a punto de llorar.

Capítulo 7

¡Horror Horroso!

¡Pobre Asun! ¡Pobre periquito!
Miré la jaula. Asun tenía razón. El periquito parecía **muy triste** y estaba sentado en la parte de debajo de la jaula sin moverse, con las plumas mustias. **No me extraña.** Estar dentro de una jaula todo el día no debe de ser bueno. Yo me pondría muy triste si no pudiera moverme.

—¿Será ésa nuestra misión? —me susurró **Eola**—. **¿Tenemos que curarle?**

—No creo —dije—. **Plácido necesita un veterinario**, no unas ninfas de la naturaleza.

—¿Y si lo sacamos de la jaula? —preguntó **Eola**.

—¡Claro! —respondí emocionada. Empecé a tirar a Marina del pelo para decírselo—. **¡Marina, Marina! ¡Eola ha tenido una idea!**

—**¡Ay!** —protestó Marina—. **¡Me haces daño!**

—¿Cómo? —dijo Asun—. ¿Te hago daño?

—**No**, esto... es que me hace daño ver al periquito así —dijo Marina.

Asun miró a Marina con curiosidad.

—¡Marina, tienes que sacar al periquito de la jaula! —le grité al oído.

—**¡Qué buena idea!** A lo mejor te puedes meter tú en la jaula y preguntarle qué le pasa —dijo Marina.

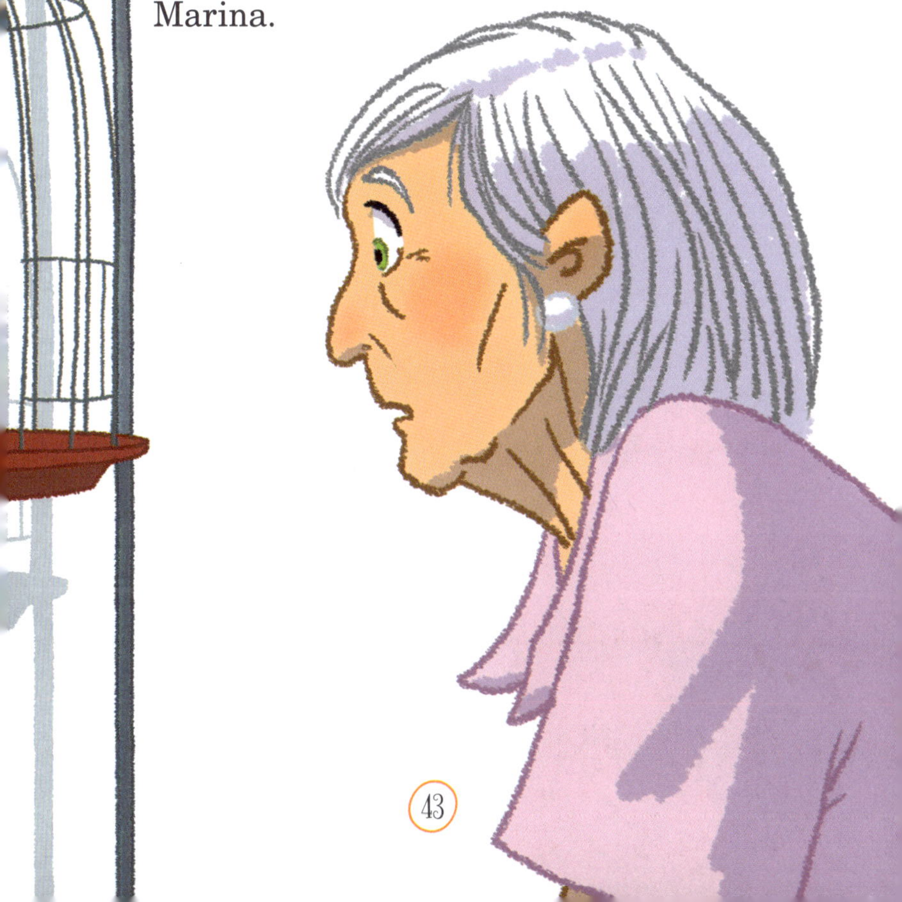

—¿Cómo? ¿Meterme yo en la jaula? —preguntó Asun confundida.

—**Esto**... no, quise decir **mi mano**... —dijo Marina.

—**¿Tu mano?** —preguntó Asun.

—Sí, a veces hablo con mi mano. **Hola, mano, ¿quieres meterte en la jaula?** —dijo Marina mirándose la mano para disimular.

Asun la miró igual que la había mirado la gente en el **SÚPER**.

—Asun —dijo Marina—, ¿puedo abrir la jaula? A lo mejor le viene bien un poco de aire fresco.

Asun miró a Marina preocupada.

—Está bien, pero ten mucho cuidado que no se escape —dijo Asun.

Marina abrió la puerta de la jaula y metió la mano con **mucho cuidado**. El periquito se alejó unos pasos.

—Tranquilo, no te voy a hacer daño —dijo Marina con voz muy dulce.

El periquito intentó esconderse, pero Marina consiguió agarrarlo con mucho cuidado.

Lo sacó por la puertecita y lo puso encima de la jaula.

—¿Ves? No pasa nada —susurró Marina.

Marina se alejó de la jaula y entonces pasó algo **horrible, espantoso**.

¡¡Horror, horroroso!!

El periquito empezó a mover las alas. Eso no fue lo **horrible**.

Lo **horrible** fue que dio un pequeño salto para salir volando...

¡Y EMPEZÓ A CAER EN PICADO!

Capítulo 8

Eola al rescate

¡No sabía volar!
¡Se iba a estrellar contra el suelo!

—**¡NoOoOO!** —gritó Asun. Se levantó para intentar cogerlo, pero no iba a llegar a tiempo.

—**¡Nooooo!** —gritó Marina, llevándose las manos a la cabeza.

—**¡Noooo!** —grité yo poniéndome las manos delante de los ojos (pero seguía mirando entre los dedos).

El periquito estaba a punto de chocar contra el suelo frío de la cocina. **¡Se iba a matar!**

¡Eola había tenido la peor idea del mundo!

Cuando parecía que todo iba a salir mal, **sucedió algo increíble**.

En la cocina se levantó un viento muy fuerte. ¡Era tan fuerte que nos despeinó a Marina, a Asun y a mí!

¡Era un viento huracanado!

Bueno, a lo mejor no eran tan huracanado, pero era mucho viento. **¡Era un viento que sólo podía venir de una persona!**

¡Eola!

Miré a mi amiga, la ninfa del viento. **Estaba de pie encima del hombro de Marina y movía las manos muy concentrada.** El viento se metió por debajo del periquito ¡y consiguió levantarlo justo a tiempo!

¡Lo había salvado!

El pobre periquito movía las alas sin parar. Creo que estaba tan sorprendido de estar volando como todas nosotras.

El viento llevó al periquito por toda la cocina. Pasó junto a la lámpara, sobre la mesa, debajo de las sillas, delante de los armarios.

El periquito movía las alas sin parar.

Al cabo de un rato, el viento empezó a cesar y llevó delicadamente al periquito hasta posarlo encima de la jaula. Nos quedamos mirando al periquito azul que movía las alas encima de su jaula y se estiraba orgulloso de su gran vuelo.

Chip

Chip

Chip

Chiiiiiiiiiiip

Chip

Chip

—**¡Está cantando!** —dijo Asun contenta—. **¡Ya se ha recuperado!**

Asun puso una sonrisa de oreja a oreja. Sus ojos ya no estaban tristes. ¡Lo habíamos conseguido!

Chip

Capítulo 9

¿Misión cumplida?

Miré mi pulsera del Club Arcoíris. Pero no brillaba. **Se supone que tiene que brillar cuando terminamos una misión.**

Miré a **Eola**. Su pulsera tampoco brillaba. **Eola** me miró y se encogió de hombros.

—Marina —le dije a Marina al oído—. **Tenemos que hablar. Algo anda mal.**

Marina me oyó y le dijo a Asun.

—Asun, mientras vigilas al periquito, ¿puedo usar el baño?

—Sí, sí, claro, está al final del pasillo —dijo Asun sin dejar de sonreír ni quitarle la vista al periquito. Marina fue al baño y cerró la puerta.

—**¿Qué pasa?** —preguntó Marina—. ¡El periquito ya está bien!

—Pero nuestras pulseras no brillan —expliqué—. **Nuestra misión no ha terminado.**

—**¿Ahora qué hacemos?** —preguntó Eola.

—**Tenemos que pensar** —dije.

Las tres nos quedamos calladas. Yo me rasqué la cabeza para pensar mejor. Marina se frotaba la barbilla y **Eola** pensaba y le salía un remolino de aire encima de la cabeza, haciendo que se **despeinara**.

Al cabo de un rato, Marina gritó.

—**¡Ya lo tengo!** —dijo.

—¿Qué? —preguntó **Eola**.

—**¡Está claro! ¡El periquito no sabe volar!** Si ahora nos vamos y vuelve a intentarlo, se volverá a caer **y se hará mucho daño**. Por eso no hemos terminado la misión.

—¡Es verdad! —dije—. Pero **¿qué hacemos ahora?** Tú tienes que volver a tu casa y yo sólo puedo cambiar de color a las cosas y **Eola**...

Marina y yo miramos a **Eola**.

Capítulo 10

Ahora sí que sí

—**¿Por qué me miráis así?** —preguntó **Eola**.

—¡Porque tú sí puedes quedarte! —dije muy contenta.

—**¡Sí!** ¡A lo mejor te puedes quedar aquí unos días hasta que aprenda a volar! —dijo Marina.

Eola se quedó pensando. Pensó y pensó. Después de mucho pensar, mi pulsera empezó a brillar.

Eola sonrió.

—¿Me quedo? —dijo.

—**¡SÍ!** —**gritamos** Marina y yo.

—**¿Y me vendréis a visitar todos los días?** —preguntó **Eola**.

—**¡SÍ!** —gritamos Marina y yo.

—Entonces me quedo, **¿vale?** —dijo **Eola**.

—**¡Síiiiiiiiiiiiiiiii!** —gritamos Marina y yo.

—Venga, tenemos que volver a la cocina —dijo Marina.

Cuando volvimos a la cocina, vimos al periquito subido en el hombro de Asun y cantando sin parar. Asun bailaba contenta por toda la cocina.

—**¡Marina, estoy tan feliz!** —dijo.

—Nosotras también —dijo Marina.

—**¿Nosotras?** —preguntó Asun.

—**Esto... sí, yo y mis manos** —dijo Marina poniéndose un poco **roja**.

Asun la volvió a mirar con asombro, pero enseguida se olvidó y siguió bailando con el periquito en su hombro.

Chip

¡Estaba completamente feliz!

¡Habíamos conseguido cumplir nuestra misión!

Y además, no sólo habíamos ayudado a Asun sino que mi amiga **Eola** **se iba a quedar un tiempo en el mundo de los humanos**.

¡Las ninfas del Club Arcoíris y Marina estábamos listas para nuestra siguiente misión!

El Cuaderno de Iris

Los Periquitos:

Los periquitos son pájaros de la familia de los loros. Los periquitos pueden ser de distintos colores: azules, verdes, amarillos, grises y blancos.

Los periquitos viven entre 12 y 14 años.

Las hembras ponen 1 o 2 huevos cada 1 o 2 días. Cuando tienen entre 4 y 6 huevos, los incuban.

Las crías tardan 18 días en nacer.

Los periquitos son muy listos y muy activos. Son fáciles de entrenar.

A los periquitos les gusta la compañía.

Es importante que los periquitos hagan ejercicio y puedan salir a volar de vez en cuando.